LA
CHANSON HAVRAISE

1874-75

Chanson, l'on te disait morte...
Ris donc de tes croque-morts.

Une Livraison tous les deux Mois.

PRIX : 50 CENTIMES.

Première Livraison.

Havre

Chez tous les Libraires.

Imprimerie Roquencourt, Grand'Rue, 10.

LA CHANSON HAVRAISE

INTRODUCTION

Rire et chanter, en dépit de ceux qui ne rient ni ne chantent, sont et seront de tous les temps. La réalité mêle le rire aux pleurs, et la formule romantique n'est que la notation d'une éternelle vérité. Il convient que la jeunesse rie, que la jeunesse chante, cela est bon, cela est nécessaire.

Le culte de la Chanson garde donc de très nombreux adeptes ; — le cénacle du *Caveau*, fier de ses souvenirs, — porte toujours haut le grelot de Collé et vide toujours avec le même entrain le verre légendaire de Panard.

Auprès du *Caveau*, fleurissent à Paris, deux autres Sociétés lyriques et littéraires, la *Lice Chansonnière* et le *Pot-au-feu*.

En province, nous ne connaissions aucune réunion qui se fut proposé pour but le Rire et la Chanson ; et pourtant, les bienfaits de l'Association, recherchés pour la bienfaisance et pour l'érudition ne sont certes pas moins précieux pour la culture de l'esprit, de cet esprit français si aimable sur lequel on a prononcé de trop nombreuses et de trop hâtives oraisons funèbres.

Plusieurs amis conçurent alors le projet d'une Société chansonnière au Havre ; épris de poésie et de musique, ils se donnèrent un soir d'Octobre, en 1873, un rendez-vous où ils jetèrent les bases d'un *Caveau* provincial. Quelques heures d'une amicale conversation avaient fondé la Chanson Havraise.

Ce premier groupe n'était que de neuf personnes, — poètes ou musiciens ; — il recruta bientôt de vives adhésions, et le jeune cercle, après un an d'existence, compte vingt-six membres :

Trois membres d'honneur ;

Deux membres associés ;

Vingt membres titulaires ;

Et un membre correspondant.

Ses efforts reçurent en outre d'autres encouragements : un havrais, M. Aimé Fouache, « le bienveillant M. Fouache, » disait Jules Janin, qui occupe au *Caveau* les fonctions de secrétaire général, adressa à la Chanson Havraise de jolis couplets, et M. Charles Vincent, un des maîtres de la Chanson contemporaine, répliqua à un remercîment de M. Robert Le-Minihy par une œuvre brillante dont les termes charmants excitèrent dans la Société nouvelle la plus vive émulation.

En mentionnant cette correspondance poétique, premier et glorieux épisode de la vie de la CHANSON HAVRAISE nous nous reprocherions de ne pas dire à quelle recommandation elle obtint cette faveur.

Un des doyens de la chanson, M. Charles Héguin de Guerle, qui fut collaborateur de Brazier et ami de Béranger et de Désaugiers, ayant appris la fondation de notre Société, s'était empressé d'en faire part au *Caveau*, et en même temps, avait daigné solliciter son admission dans nos rangs.

La CHANSON HAVRAISE le pria alors de vouloir bien être son président d'honneur. M. Charles de Guerle accepta de nous donner ainsi l'appui de son nom et de son talent ; et son esprit, infatigablement jeune, produisit un programme que tous ont à cœur de remplir et qui forme pour nos publications la plus agréable préface.

Plus tard, deux autres noms sympathiques furent inscrits aussi sur le tableau des Membres d'honneur de la CHANSON HAVRAISE.

Ce sont ceux de MM. Anatole et Hippolyte Lionnet, les deux excellents diseurs de chansons, dont l'un qui, depuis plusieurs mois, appartient au *Caveau*, est en même temps et avec un succès égal, poète et compositeur.

Ainsi formée, la Chanson Havraise poursuit son œuvre modeste, dans des réunions mensuelles.

Par une innovation dont nulle trace ne se retrouve dans les Sociétés chansonnières antérieures, elle a dans ses rangs, comme nous l'avons dit, un certain nombre de musiciens, qui se plaisent, sur les rhythmes nouveaux, — pour lesquels la *Clé du Caveau* n'indique pas de timbres, — à broder de faciles mélodies.

C'est ainsi, qu'unie par l'amitié, pour le culte d'un art que la France ne saurait oublier, sans oublier l'une de ses gloires, la Chanson Havraise accomplit sa douce et plaisante besogne.

Voilà ce qu'elle est ; voilà ce qu'elle veut.

Atteindra-t-elle son but ?

Il serait téméraire d'en rien dire, ici surtout ; et, ces lignes achevées en manière de présentation, nous la laisserons chanter, en priant néanmoins le lecteur de la mieux accueillir que la Fourmi ne fit la Cigale, et de ne lui pas dire, si parfois sa voix faiblit, (car Homère lui-même s'endormit quelquefois) :

Vous chantiez, ne vous déplaise;
Eh bien ! dansez maintenant.

Et cette requête étant faite, nous recommanderons, dans une dernière tentative, la Chanson Havraise à la bienveillance de tous, en transcrivant un de ses premiers couplets, sa profession de foi, rimée pour elle, par un de ses Membres titulaires, M. P. Cottard :

La Chanson joyeuse et gauloise
Célébra dans les anciens jours,
Grivoise,
Le Printemps, le Vin, les Amours ;
Depuis, la pauvrette abattue
Laissa reposer ses grelots.
Assez longtemps elle s'est tue,
Qu'elle verse le rire à flots !
Et puisse une nouvelle aurore
Se lever pour elle, je veux
Encore
Entonner un refrain joyeux !

1er Octobre 1874.

LE RÉVEIL DE LA CHANSON

—:—

Air : *Tout le long de la rivière.*

On prétend que de la Chanson
On n'entend plus le joyeux son,
Qu'elle se meurt, que le franc rire
Sur toutes les lèvres expire ;
Puis-je partager ces regrets,
Lorsque des chansonniers havrais
Je vois ici la nombreuse cohorte ?
Non, non, parmi vous la Chanson n'est pas morte,
Non, morbleu ! la Chanson n'est pas morte !

Le Vaudeville, né malin,
Fut par Olivier Basselin
Créé jadis au Val de Vire ;
Armé du fouet de la satire,
Il a fustigé dans ses chants
Les sots, les cafards, les pédants ;
Vous l'imitez d'une voix libre et forte.
Non, non, parmi vous, la Chanson n'est pas morte,
Non, morbleu ! la Chanson n'est pas morte !

Pour chanter dans vos gais repas
Les sujets ne vous manquent pas.
Courage ! fouettez sans scrupules
Les travers et les ridicules,
Les hypocrites, les grincheux,
Les vieux fats, les jeunes gommeux,
Les charlatans et toute leur escorte !
Et j'en réponds bien, la Chanson n'est pas morte,
Non, morbleu ! la Chanson n'est pas morte !

Les partis divers, opposés,
Trop longtemps nous ont divisés ;
Chacun prêche pour sa boutique,
Au diable soit la politique !
Qu'un chant joyeux, un rouge bord
A table nous mettent d'accord ;
Conservateurs, républicains, n'importe,
Trinquons en chantant, la Gaîté n'est pas morte,
Non, morbleu, la Gaîté n'est pas morte !

Malgré mes quatre-vingts hivers
Je fredonne encor quelques airs.
Anacréon, que je vénère,
Chantait presque nonagénaire ;
A son exemple je prétends
Jusques à mes derniers instants,
Jusqu'à ce que la *Camarde* m'emporte,
Répéter gaîment : la Chanson n'est pas morte,
Non, morbleu ! la Chanson n'est pas morte !

CHARLES DE GUERLE,
Président d'honneur, Membre correspondant du *Caveau*.

LA VIEILLE CHANSON

—:—

Air : *J'ai du bon tabac.*

La Vieille Chanson
N'était pas coquette,
Elle avait raison
D'être sans façon.
Avait-elle en rien
Besoin de toilette ?
Son rire païen
Lui seyait si bien !
Son rire, il faisait Paris amoureux,
La France ravie et le monde heureux.
La Vieille Chanson
N'était pas coquette.
Elle avait raison
D'être sans façon.

Son joli minois
Prêtait de la grâce
Au refrain grivois,
Au couplet gaulois.
Sa Muse n'était
Pas celle d'Horace,
Mais on écoutait
Ce qu'elle chantait.
C'était la jeunesse et c'était l'amour.
L'esprit et le cœur parlaient tour à tour,
Et son frais minois
Prêtait de la grâce
Au refrain grivois,
Au couplet gaulois.

Mais voici longtemps,
Longtemps qu'elle est morte.
Depuis cent printemps
Elle avait vingt ans.
Qu'eût été le sort
De l'enfant accorte ?
L'amour était mort
Sur un coffre-fort.
On ne riait plus. Le ciel était noir,
Et puis, — elle avait rempli son devoir.
Voici bien longtemps,
Hélas ! qu'elle est morte.
Depuis cent printemps
Elle avait vingt ans !

Douteuse beauté,
La Chanson Nouvelle
Montre sans gaîté
Son masque emprunté.
Du plâtre et du fard,
Elle se croit belle
Et chante au hasard
Un fredon poissard.
Oh ! l'autre Chanson avait meilleur air,
La joie éclatait dans son regard clair.
Douteuse beauté,
La Chanson Nouvelle
Montre sans gaîté
Son masque emprunté.

La Vieille Chanson,
C'était la jeunesse,
(A douce saison
Riche floraison !)

C'était tout esprit
Et toute caresse,
Tout ce qu'on chérit
Et tout ce qui rit.
Allons, mes amis, qui la chantera ?
Entre nous peut-être elle reviendra.
La Vieille Chanson
Étant la jeunesse,
Voici la saison
De sa floraison !

Robert LEMINIHY de la VILLEHERVÉ,
Membre titulaire, Président, membre correspondant du *Caveau*.

AU PRINTEMPS

—:—

Air de M. Léon Valentin, membre correspondant.

(La musique notée avec accompagnement de piano, se trouve chez M. V. Lory, rue Cadet, n° 12, à Paris, et au Havre, chez tous les marchands de musique).

—:—

La vieille cheminée
N'aura plus de fumée.
De douce mousse empli,
J'ai respecté ton nid
Si joli.

Hirondelle légère,
O douce messagère
Du printemps,
Je t'attends !

Déjà la jeune année
Se pare de feuillée;
Les pommiers vont neiger,
Viens aux fleurs du verger
Voltiger.

Hirondelle, etc.

Leurs parures nouvelles,
Charmantes étincelles,
En ces jours opportuns,
Vont rendre aux taillis bruns,
Leurs parfums.

Hirondelle, etc.

Ramène sur tes ailes,
En nos plaines si belles,
Les fleurs et les moissons.
Rapporte aux gais pinsons
  Leurs chansons.

Hirondelle légère,
O douce messagère
  Du printemps,
  Je t'attends,
Ah ! reviens ! je t'attends !

ZADIG.

LE TONNEAU DE GRÉGOIRE

—:—

A la mort de maître Grégoire,
Gros-Jean hérita d'un tonneau
De vin nouveau
Que le défunt n'avait pu boire.
Gros-Jean, tout fier de ce cadeau,
Jura, que de toute sa vie,
Il ne goûterait jamais d'eau
Avant d'avoir jusqu'à la lie
Bu ce vin si frais et si beau.
Quel soin il prit pour sa futaille !
Il en revisa tous les joints
Et de bronze en cercla la taille.
Mais (triste effet de tant de soins),
Un jour qu'entier à sa pensée
Il allait voir tout en rêvant
La tonne en songe caressée,
Il la vit tristement brisée.
Le vin, dont la fougue pressée
Trompait son travail si savant
L'avait bel et bien fracassée,
Laissant Gros-Jean comme devant.

Je m'adresse à vous, potentats.
Vous possédez dans vos États
Des sujets généreux et braves.
Au lieu de les charger d'entraves,
Rendez la main. Gros-Jean nous dit
Qu'on ne peut enchaîner l'esprit.

A. Drateil.

LA BOUCHE DE MA MIE

—:—

SONNET

Bouche dont j'ai l'âme affolée,
Bouche au parler malicieux,
Bouche de blanches dents perlée,
Bouche au contour si gracieux ;

Bouche aux deux coins ayant fossette,
Bouche de qui mon cœur s'éprit,
Bouche à la fois tendre et coquette,
Bouche d'où ruisselle l'esprit ;

Bouche plus fraîche que la brise,
Bouche aux deux lèvres de cerise,
Bouche qui m'enivrez toujours ;

Bouche qui faites ma folie,
Bouche vermeille de ma mie,
Bouche, vous êtes mes amours !

Anatole LIONNET.
Membre d'honneur, membre associé
du *Caveau*.

LES FONTAINES

—:—

Air de : *La bonne aventure, o gué!*

Les jours de liesse, dit-on,
Oubliant leur chaîne,
Les serfs soumis au bâton
Avaient bonne aubaine.
Largesse au peuple ! le vin
A grands flots coulait soudain
De chaque fontaine,
O gué !
De chaque fontaine !

L'enfant tout en pleurs quittait
L'école prochaine ;
Son haut-de-chausse exhalait
Une odeur malsaine.
Petit-Pierre fut fessé
Très-fort, pour avoir laissé
Couler la fontaine,
O gué !
Couler la fontaine !

Éteint, fêlé, racorni,
Le vieux beau se traîne,
Mais n-i, ni, c'est fini ;
Adieu la fredaine !
Ce vieil antédiluvien
De Jouvence voudrait bien
Trouver la fontaine,
O gué !
Trouver la fontaine !

Normande aux appas puissants,
Frisant la trentaine,
Aux parents reconnaissants
La nourrice amène
Le poupon frais et dodu.
Amis, nous avons tous bu
A cette fontaine,
O gué!
A cette fontaine !

Un philanthrope excellent
A la caisse pleine,
Dit à Paris turbulent :
« Calmez votre peine.
» L'avenir pour vous est beau. »
Croyez-çà, buvez de l'eau
De cette fontaine,
O gué!
De cette fontaine !

Jacque ayant souvent vidé
D'un broc la bedaine,
Fut au col appréhendé;
Au juge on le mène.
« Mais, dit-il, mon Président,
» Que faut-il boire à présent ? »
— « L'eau de la fontaine
O gué!
L'eau de la fontaine ! »

A. TIBURCE.

FLEUR DES GRÈVES

—:—

Air : *A faire.*

Femmes, la rive est embellie
De lierres et de liserons,
Et la marguerite fleurie
Resplendit parmi les gazons.
Marin, donne aux flots ta nacelle ;
Le vent est doux, le ciel est pur ;
La pêche promet d'être belle,
Oh ! très-belle, et le gain est sûr !

Martha, la brune fleur des grèves,
Chantait des refrains de printemps.
Chacun l'adorait dans ses rêves
Comme l'étoile des vingt ans ;
Et vers la mignonne brunette
Les enfants sur la rive épars
Lançaient en songeant d'amourette
De timides et doux regards.
Femmes, la rive est embellie, etc.

Comme seule sur le rivage,
Elle évoquait un cher espoir,
Un enfant au charmant visage
Vint et l'enleva certain soir.
Depuis lors la grève est déserte.
Plus n'y résonnent de chansons. . .
Hors celles que la vague verte
Murmure sur les goëmons.
Femmes, la rive est embellie, etc.

Eug. AUFRAY,
Membre titulaire, Secrétaire trésorier.

LA PIE ET LE HIBOU

—:—

Pendant que les chantres des bois
Faisaient assaut de mélodie,
Voulant essayer de sa voix
L'insipide harmonie,
La pie
Au milieu d'eux impudemment chantait
(Ou du moins se le figurait);
Et l'écho railleur répétait
Son monotone et rustique ramage.
Un hibou l'écoutait.
Hors de son nid sauvage,
Caché sous les débris d'un antique château,
Le taciturne oiseau,
Ému par la chanteuse
Dont la note piteuse
Lui semble un son divin,
Prend son vol, et soudain,
Vient se poser près d'elle.
« Oh ! virtuose toute belle,
Dit-il, assurément,
De la saison nouvelle
Vous êtes l'ornement.
Le rossignol et la fauvette,
Insupportables gazouilleurs,
Ici, comme partout ailleurs,
Quand vous chantez, dans leur retraite
Ont soin de cacher leur défaite,
Tout honteux de vous être inférieurs ! »

A ce discours qui la captive

La pie a redoublé d'efforts ;
Mais tous les chanteurs de la rive,
Plus modestes en leurs transports,
    Cessent alors
    Leurs doux accords
Que couvrait la voix nazillarde
De l'agaçante babillarde.
    Tel en sa dignité
Le vrai talent parfois s'efface
    Devant la nullité
Dont le seul mérite est l'audace.

    On a déjà cité
Bien des exemples de la sorte.
Un sot pour un sot se transporte,
Et tel qui très souvent l'emporte
N'est qu'un ignorant effronté
Par l'ineptie accrédité.

L. Torquet.
Membre Titulaire.

A NINA

—:—

Air à faire.

Dans les champs et dans le bocage
Merles et pinsons
Charment le feuillage
Et les doux nids de leurs chansons.
Nina, ma petite rieuse,
Tous les deux nous avons vingt ans ;
Unissons notre voix joyeuse
A la voix fraîche du printemps.
Vive l'amour et ma maîtresse!
J'abandonnerais, sur ma foi !
Pour un sourire la richesse. . .
Si ce sourire était de toi.

Enlacés, nous marchons ensemble
Dans le pays bleu,
Heureux, ce me semble,
Quoique ne vivant que de peu.
Nina, pourtant, je ne regarde
Jamais sans un penser amer
Notre misérable mansarde
Chaude en été, froide en hiver.
Pour un palais plein de richesse,
J'abandonnerais, sur ma foi !
Notre doux nid, ô ma maîtresse.
Si la richesse était pour toi.

Délicieuse et folle fille
Au regard charmant,
Flamme qui pétille,
Va, je te sais un cœur aimant.
Nina, j'ai vu de grandes dames
Que suivaient mille soupirants ;
Dans le monde, j'ai de ces femmes
Goûté les parfums enivrants ;
Ton amour me comble d'ivresse,
Mais j'aimerais mieux, sur ma foi,
Celui d'une belle duchesse, . . .
Si la duchesse, c'était toi !

P. Cottard,
Membre titulaire.

ON N'OUVRE PAS

—:—

COUPLETS DE RÉCEPTION

Air : à faire.

Auprès de sa tendre maîtresse,
Roméo chante ses amours
Et de sa main qui la caresse
Dévoile ses plus beaux atours.
Dans l'ivresse qui les transporte
Nos amoureux se parlent bas :
N'allons pas frapper à la porte,
Car, à cette heure, on n'ouvre pas,
On n'ouvre pas.

Contre un cabinet ridicule
Y. . . fait des discours sans fin,
Soudain, par un jeu de bascule
Au ministère il entre enfin.
Rabagas ! . . soit. Eh bien, qu'importe ?
Il court mettre le cadenas,
Et sitôt qu'on frappe à la porte,
Lui-même dit : On n'ouvre pas,
On n'ouvre pas.

De l'Allemand la souvenance
Se garde au fond de tous les cœurs.
Mais à l'heure de la vengeance
Nous ferons trembler nos vainqueurs.
Contre eux la haine n'est pas morte,
Et si, pour de nouveaux combats,
L'ennemi frappait à la porte,
Nous lui dirions : On n'ouvre pas,
On n'ouvre pas.

Dans le cénacle de la Muse,
Où j'aperçois bien des amis
Dont la troupe à rimer s'amuse,
Aurais-je chance d'être admis ?
Avec l'amitié pour escorte
Vers vous je dirige mes pas.
Me laisserez-vous à la porte
En me disant : On n'ouvre pas,
On n'ouvre pas !

J. R. Partridge,
Membre titulaire.

LE PHILOSOPHE

—:—

A mon ami et parrain au
Caveau Havrais, H. S.

Air : *Jadis les rois, race proscrite* (Fille de Mme Angot).

Que la clique des écrevisses,
Voulant pour la France un cornac,
A ses ennemis trop novices
Réserve un tour à la Jarnac,
Ce n'est pas gai, lorsqu'on y pense,
Mais pour cela faudrait-il pas
S'en faire dépérir la panse
Ou s'exiler dans les pampas?

Pour moi, tout en fumant ma pipe,
  Voilà mon principe !
  Voilà mon principe !
J'attends la fin du bacchanal
Et ne m'en trouve pas plus mal !

Lorsqu'à ma porte font tapage
Quelques féroces créanciers,
Sonnant et frappant avec rage,
Me menaçant de leur huissiers,
Et que pas un billet de mille
N'est là pour calmer leur courroux,
Je songe qu'il est inutile
De tirer pour eux mes verrous.

Ma foi, etc.

Si, sous prétexte de musique,
Un amateur, dans un salon,
Éreinte un piano phthisique
Ou martyrise un violon,
Sans trompette alors, je m'esquive
Et vais flâner sur le balcon,
En ayant bien soin que m'y suive
Un valet chargé d'un flacon.
  Et là, etc.

Assez souvent, fort souvent même,
Je rentre gris à la maison :
La blonde bière est bonne. J'aime
Y laisser un peu ma raison !
Dans ces moments-là, ma maîtresse
Crie et tempête affreusement ;
Mais moi, fort calme, je m'empresse
De me mettre au lit carrément.
  Alors, etc.

Quand le Temps, du bout de son aile,
A Caron m'aura désigné,
En m'embarquant dans sa nacelle
Je serai certes résigné.
Pourquoi s'en faire de la bile ?
Ne faut-il pas finir un jour ?
Le mieux est de partir tranquille
Pour le mystérieux séjour.

En fumant ma dernière pipe,
  Voilà mon principe !
  Voilà mon principe !
Je quitterai le bacchanal
Et je n'en serai pas plus mal !

P. S.

TOT OU TARD

—:—

Air : *Voulant par ses œuvres complètes.*

Je suis quelque peu fataliste,
Et rien ne saurait me prouver
Qu'un coup du sort, joyeux ou triste —
Aurait pu ne pas arriver.
Oui, cette croyance païenne
De tout est le point de départ. . .
Un peu plus tôt, un peu plus tard,
Il faut pourtant bien que ça vienne!

« C'était écrit ! » conclut un brahme
A la fin d'un livre sanscrit. . .
Le faux pas d'une faible femme
C'était également écrit !
La vertu — chacun a la sienne —
Sombre dans un léger écart. . .
Un peu plus tôt, un peu plus tard,
Il faut pourtant bien que ça vienne!

Un financier fait la culbute,
Chacun s'en étonne beaucoup,
Mais de fait aucun parachute
N'aurait pu prévenir le coup.
Tout sauteur — la chose est ancienne !
Finit mal, quelque soit son art. . .
Un peu plus tôt, un peu plus tard,
Il faut pourtant bien que ça vienne !

Ninette, ma petite amie,
Dans quelque temps nous serons vieux.

Sur notre jeunesse endormie
Nous n'oserons lever les yeux.
L'amour sera la vieille antienne.
Pour plaire vous mettrez du fard. . .
Un peu plus tôt, un peu plus tard,
Il faut pourtant bien que ça vienne!

Oui, je le sais : de toutes choses
C'est la plus pénible à penser ;
On est las de cueillir des roses,
Il faut un jour se reposer.
Enfant, mets ta main dans la mienne
Et soutiens-moi de ton regard :
Un peu plus tôt, un peu plus tard,
Il faudra bien que la nuit vienne !

H. S.

ROMANCE SANS PAROLES

— : —

Air : *De la Famille de l'Apothicaire.*

Dans ce Temple du dieu Momus,
Il ne manque pas de félibres,
Qui vous diront leurs *oremus*
En gais propos plus ou moins libres :
Je les laisse vous présenter
Leurs chansons gaillardes et folles :
Pour moi je voudrais vous chanter . . .
Une romance sans paroles.

Près de moi, peut-être à dessein,
Demeure une mère Gigogne ;
Vingt-deux enfants... dont six au sein !
Tout cela se bat, pleure et grogne.
Depuis midi jusqu'à minuit,
Aussi, mon sommeil, tu t'envoles...
Je me tourne en vain dans mon lit. . .
Oh ! les romances sans paroles !

A sa femme tous les hivers,
Un poète veut faire entendre
Un poëme en deux mille vers.
Il commence, d'une voix tendre
A roucouler. lorsqu'elle dit :
« Je les connais tes barcarolles :
» Fais moi plutôt bel érudit. . .
» Une romance. . . sans paroles ! »

L'or fait un ravissant tintin
Et sa musique est sans pareille,
— Pas vrai, Marco, Lise ou Catin,
Que son chant plait à ton oreille ?
Jadis sa chanson me berçait,
Mais j'ai connu bien des. ... idoles,
Et quand je frappe mon gousset. . .
Plus de romance sans paroles !

En terminant cette chanson
Je demande votre indulgence
Pour avoir osé sans façon
User de votre bienveillance.
L'air est de la *Clé du Caveau* :
Il est charmant, sans hyperboles,
Mais je sollicite un bravo
Pour la musique. . . et les paroles.

E. C.

www.ingramcontent.com/pod-product-compliance
Ingram Content Group UK Ltd.
Pitfield, Milton Keynes, MK11 3LW, UK
UKHW020510230726
13925UKWH00005B/2131